CABINET DE M. B** [erville]

Aquarelles et Dessins

MODERNES

VENTE

Le Samedi 14 Décembre 1867

—

EXPOSITION

Le Vendredi 13 Décembre 1867

Mᶜ CHARLES PILLET,	**M. FRANCIS PETIT,**
COMMISSAIRE-PRISEUR	EXPERT
11, rue de Choiseul	7, rue Saint-Georges

1867

CATALOGUE

DES

AQUARELLES

et

DESSINS MODERNES

*QUI FORMAIENT LE CABINET DE M. B****

DONT LA VENTE AURA LIEU

HOTEL DROUOT, Salle N° 9

Le Samedi 14 Décembre 1867

A DEUX HEURES PRÉCISES

M° **Charles PILLET**, Commissaire-Priseur, 11, rue de Choiseul,

M. **Francis PETIT**, Expert, 7, rue Saint-Georges.

Chez lesquels se trouve le présent Catalogue.

EXPOSITION PUBLIQUE

Le Vendredi 13 Décembre 1867, de midi à cinq heures.

CONDITIONS DE LA VENTE

Elle sera faite au comptant.

Les adjudicataires payeront *cinq pour cent* en sus des enchéres.

977. — Paris. Imp. de PILLET fils aîné, rue des Grands-Augustins, 5.

DÉSIGNATION

E. DE BEAUMONT

1 — Incertitude.

Dessin rehaussé.

BELLANGÉ

2 — Les Nouvelles du pays.

Aquarelle.

3 — Petit Savoyard, montreur de chiens savants.

Aquarelle.

4 — Pendant la halte.

Aquarelle.

BELLANGÉ

5 — Vieux Pêcheur de Calais.

Aquarelle.

6 — Figure de vieillard, pour le tableau du Retour
de l'île d'Elbe.

Dessin.

7 — Prisonnier autrichien assis.

Dessin.

BIDA

8 — Arméniens.

Dessin rehaussé.

BODMER

9 — Ruisseau traversant un bois.

Aquarelle.

10 — Une Mare.

Aquarelle.

JOHN LEWIS BROUN

11 — Une Reconnaissance.

Aquarelle.

CALAME

12 — Vue prise en Suisse.

Sépia.

13 — Vue d'Amalfi.

Dessin.

14 — Un Moulin en Suisse.

Aquarelle.

15 — Chemin dans un bois.

Aquarelle.

CHARLET

16 — Un Toast au vin nouveau.

Aquarelle.

17 — Concert burlesque.

Dessin.

CHARLET

18 — Un Invalide.

Sépia.

19 — La Grand'Mère.

Sépia.

20 — Illustration du Mémorial de Sainte-Helène.

Six dessins.

21 — Deux Lettres illustrées A. J.

Deux dessins.

22 — Vieillard assis sur un banc.

Dessin rehaussé.

23 — Mendiants.

Dessin rehaussé.

COLLIGNON (Jules)

24 — Mazeppa poursuivi par des loups.

Aquarelle.

CH. COLIN

25 — Lac en Suisse.

Fusain.

DARCY

26 — La Moisson en Bretagne.

Aquarelle.

DAUZATS

27 — Porte de Villefranche.

Aquarelle.

DECAMPS

28 — Batelier attablé dans une auberge.

Fusain.

29 — Jeune Fille des environs de Marseille.

Dessin rehaussé.

30 — Marchande de légumes, costume italien.

Dessin rehaussé.

DECAMPS

31 — Intérieur de forêt.

Dessin rehaussé.

32 — Paysage de montagnes.

Fusain rehaussé.

A. DELACROIX

33 — La Casbah de Tanger.

Aquarelle.

E. DELACROIX

34 — Chef marocain descendu de son cheval.

Aquarelle.

35 — Le Tasse en prison.

Sépia.

36 — Cheval de trait.

Aquarelle.

37 — Bords de rivière.

Pastel.

A. DE DREUX

38 — Deux Chevaux se battant.

Croquis dessin.

E. DEVERIA

39 — Pensive !

Dessin rehaussé.

FLERS

40 — Les Bords de la Touques.

Pastel.

41 — Bords de rivière.

Dessin.

FRANCIA (père)

42 — Une Église de village.

Sépia.

FINCK

43 — Petite Fille jouant avec un chien.

Aquarelle.

*

GRANET

44 — Une Salle basse dans un cloître.

Sépia.

GERICAULT

45 — Le Martyr Saint-Étienne.

Croquis à la plume.

46 — Une Feuille de croquis.

Plume.

MME P. GIRARDIN

47 — Branches de roses.

Aquarelle.

GUDIN

48 — Barque de naufragés.

Sépia.

HOGUET

49 — Plage bordée de falaises.

Aquarelle.

50 — Bateau à marée basse.

Aquarelle.

51 — Plage de Boulogne.

Aquarelle.

HUBERT

52 — Vue des environs d'Heidelberg.

Aquarelle.

53 — Arbres renversés.

Sépia.

54 — Vue en Dauphiné.

Aquarelle.

INGRES

55 — Figure de Vierge pour le tableau de la Vierge au Calice.

Dessin.

ISABEY

56 — Barque en mer.

Aquarelle.

57 — Marine.

Croquis à la sépia.

JACQUE

58 — Paysage.

Dessin rehaussé.

59 — Vaches venant boire à une mare.

Dessin rehaussé.

60 — Un Coin de basse-cour.

Dessin à l'essence.

JUHEL

61 — Saltimbanques faisant la parade.

Sépia.

LEPOITTEVIN

62 — Un Flibustier.

Aquarelle.

63 — Pêcheurs d'Etretat.

Aquarelle.

LUMINAIS

64 — Chasse à courre.

Aquarelle.

65 — Braconnier à l'affût.

Aquarelle.

ARMAND DU MARESQ

66 — Sergent de zouaves, commandant l'exercice.

Eessin rehaussé.

67 — Zouave au repos.

Dessin rehaussé.

MARILHAT

68 — Place du marché de Boulak (Caire).

Dessin rehaussé.

MESSONIER

69 — La Marguerite.

Aquarelle.

70 — Un Toast.

Croquis à la plume.

HENRI MONNIER

71 — Moines se rendant à l'office.

Aquarelle.

MARTIN

72 — Avant l'orage. Paysage à Saint-Cyr. (Provence).

Aquarelle.

MARTIN

73 — Paysage à la Sainte-Baume.

Aquarelle.

74 — Château Duplessis.

Aquarelle.

JUSTIN OUVRIÉ

75 — Saint-James, S'Parck.

Aquarelle.

PATROIS

76 — Gourmande.

Dessin.

77 — Paresseuse.

Dessin.

PIGAL

78 — La Sortie de l'église.

Aquarelle.

PILS

79 — Un Artilleur, tenue de campagne.

Aquarelle.

RAFFET

80 — Épisode de la Saint-Barthélemy.

Sépia.

81 — Entrée à Milan.

Sépia.

82 — Artilleur à cheval.

Étude à l'aquarelle.

TH. ROUSSEAU

83 — Un Bois en Normandie.

Aquarelle.

SALMON

84 — Bergère tricottant.

Dessin rehaussé.

SALMON

85 — Le Départ.

Dessin rehaussé.

SOULÈS

86 — La Vallée de la Bièvre.

Aquarelle.

SWEBACH (ÉDOUARD)

87 — Un Courrier.

Aquarelle.

TESSON

88 — Caravane au bord du Nil.

89 — La Place du gouvernement à Alger.

VILLEVIEILLE

90 — Paysage d'hiver.

Dessin.

WATTIER

91 — La Boîte à surprises.

Dessin rehaussé.